# Analyse de l'œuvre

Par Tara Dorrell

# La Liste de Schindler

## Thomas Keneally

lePetitLittéraire.fr

# La Liste de Schindler

Thomas Keneally

# Rendez-vous sur lepetitlitteraire.fr et découvrez :

Plus de 1200 analyses
Claires et synthétiques
Téléchargeables en 30 secondes
À imprimer chez soi

# THOMAS KENEALLY

## ROMANCIER ET DRAMATURGE AUSTRALIEN

- **Né à Sydney en 1935.**
- **Travaux notables :**
  - *À la recherche de Schindler* (2007), mémoire
  - *Les Filles de Mars* (2012), roman
  - *Crimes of the Father* (2016), roman

Le romancier australien Thomas Keneally est surtout connu pour le roman *La Liste de Schindler*, qui a ensuite été adapté dans le film *La Liste de Schindler*, acclamé par la critique. Bien qu'il ait d'abord suivi une formation de prêtre catholique au séminaire St Patrick de Manly, Keneally l'a quittée sans être ordonné et a travaillé comme instituteur, avant de devenir romancier et maître de conférences à l'université de Nouvelle-Angleterre.

Nombre de ses œuvres s'appuient sur des documents historiques, et il s'intéresse aux dilemmes moraux, ainsi qu'au conflit entre un individu et l'autorité. Ses écrits ont été décrits comme tendant vers le mélodrame, mais ils occupent néanmoins une place dans le courant dominant en Australie et dans le monde. Grâce à La Liste de Schindler, il a mis en lumière les personnes les plus courageuses dans les moments les plus sombres de l'Europe et, ce faisant, a encouragé les gens à se souvenir de ceux qui ont souffert de l'Holocauste et de ceux qui ont fait ce qu'ils pouvaient pour atténuer la souffrance.

# *LA LISTE DE SCHINDLER*

## LE PIRE ET LE MEILLEUR DE L'HUMANITÉ

- **Genre :** roman
- **Edition de référence :** Keneally, T. (2007) *Schindler's Ark.* Londres : Serpentine Publishing.
- **1ère édition :** 1982
- **Thèmes :** La Seconde Guerre mondiale, l'Holocauste, le déni, la déshumanisation, le pouvoir, le défi.

*La Liste de Schindler* est basée sur l'histoire vraie d'Oskar Schindler, un homme d'affaires allemand qui a sauvé plus d'un millier de Juifs des camps de concentration comme Auschwitz pendant la Seconde Guerre mondiale. Thomas Keneally n'a été incité à écrire le roman qu'après avoir été convaincu par un vendeur de Beverly Hills, LA – qui était en fait l'un des Juifs sauvés par Schindler – Leopold Pfefferberg, mentionné dans le livre. Bien que très lisible, le roman ne cache pas la brutalité de l'histoire, et a été cité comme redonnant foi en l'humanité. En relatant les événements bien connus de la guerre par le biais de témoignages et de récits personnels, il attire l'attention sur les personnes touchées par la guerre dont les voix ne seraient pas entendues autrement. En 1982, *La Liste de Schindler* a remporté le Man Booker Prize for Fiction, et le roman a ensuite été adapté par Steven Spielberg dans le film primé *La Liste de Schindler*.

# RÉSUMÉ

## LE DÉBUT D'UN CAUCHEMAR

Keneally retrace les événements réels du travail d'Oskar Schindler pendant la Seconde Guerre mondiale tout au long du roman, en commençant par les propres racines de Schindler, un Allemand des Sudètes, jeune, ambitieux et amoureux, indifférent à « la race, au sang et au sol » (p. 38) et ignorant le rôle crucial que ces éléments allaient jouer dans sa vie. Parallèlement au récit de Schindler par Keneally, le roman se concentre par intermittence sur d'autres témoignages et récits – certains essentiels à l'intrigue, d'autres non – de ceux qui ont subi les horreurs des ghettos, des camps de concentration et de tout ce qui les a précédés. Des aperçus d'Helen Hirsch et de Leopold « Poldek » Pfefferberg, entre autres, sont disséminés tout au long du récit, et les voix et les noms de ceux qui ont péri sont aussi importants que ceux qui ont survécu.

Self-made man et entrepreneur, Oskar Schindler entreprend d'établir une usine dans la Cracovie occupée par les nazis, utilisant de généreux pots-de-vin en bijoux, café et alcool, ainsi que son propre don pour les relations humaines, afin de créer un refuge pour la population juive de plus en plus persécutée. Avec Itzhak Stern, la source d'informations locales de Schindler, et Victoria Klonowska, sa secrétaire polonaise à la tête dure, Schindler crée du travail dans la Deutsche Emailwaren Fabrik, son usine d'émaux, en citant ses employés juifs comme des travailleurs précieux et vitaux pour l'effort de guerre. Ce faisant, il leur fournit du travail tout en leur évitant de subir un préjudice excessif ou de mourir aux mains des SS. Alors que l'usine de Schindler voit le jour, la vie des Juifs de Cracovie ne cesse de se détériorer. Ils sont lentement transférés dans un camp à la périphérie de la ville, dont les conditions sont indiscutablement terribles, mais qui suscitent en même temps la nostalgie du « vieux ghetto de Kazimierz » (p. 94). Ce camp, cependant, est sous le contrôle de l'Ordnungdienst (OD), la police juive, qui est vicieuse envers son propre peuple dans l'espoir de sauver leurs familles individuelles. Au moment où l'OD prend le contrôle du ghetto, Schindler se fait arrêter deux fois, la première parce qu'il a été trahi et la seconde pour avoir embrassé une jeune fille juive dans un moment de gaieté le jour de son anniversaire. Les deux fois, il parvient à éviter d'être détenu plus de quelques jours grâce à ses nombreux contacts avec les hauts responsables nazis et aux renseignements de sa secrétaire et amante, Klonowska.

## DANS LES CAMPS

Schindler lui-même prend conscience de la cruauté des ghettos lorsqu'un après-midi, il se promène à cheval avec une autre de ses amies, Ingrid, sur les collines qui surplombent le quartier juif. La moitié de la population du ghetto a été emmenée de force dans les camps de travail nouvellement créés ou a été fusillée pour avoir résisté à l'obligation de porter un *Blauschein* (ou vignette bleue) pour pouvoir travailler. C'est là qu'Oskar voit une mère et son fils tués de sang-froid pour avoir tenté de se cacher des SS, le tout sous les yeux d'un bambin en manteau rouge qui ne parvient à s'échapper que par chance. Des rumeurs sur les conditions abominables des camps commencent à circuler, et Schindler est appelé à Budapest par des sionistes turcs qui s'inquiètent du traitement de leurs compatriotes juifs. Le récit de Schindler sur le traitement des Juifs dans les ghettos et sur le traitement encore plus répugnant qui leur est réservé dans les camps est juxtaposé à la fin du ghetto de Cracovie, qui est finalement remplacé par Plaszów, le camp de concentration de la ville.

Avec le camp arrive le commandant Amon Goeth, un homme brutal et caractériel qui a un véritable amour du meurtre. Il est profondément méprisé par Schindler, bien que ce dernier fasse semblant d'être sympathique afin de rester en sa faveur et de sauver ainsi le plus grand nombre possible de prisonniers juifs. Goeth prend plaisir à tuer ses prisonniers juifs comme il l'entend, et Schindler en conclut rapidement que la meilleure solution possible pour ses travailleurs est de créer un sous-camp à lui, éloigné des caprices du commandant et disposant de plus de nourriture et d'eau que n'importe quel autre camp de la Pologne occupée par les nazis. La concurrence pour entrer dans ce camp est féroce, et de nombreux prisonniers plaident et offrent des pots-de-vin pour leur sécurité ou celle de leur famille. Bien que Schindler parvienne à faire entrer la majorité de ses travailleurs dans son sous-camp, quelques familles et individus restent à Plaszów, où les risques de mort augmentent rapidement pour eux.

# CELUI QUI SAUVE UNE VIE SAUVE LE MONDE ENTIER.

La perspective d'une victoire russe sur le front oriental devient de plus en plus certaine, et les détenus de Plaszów commencent à être expédiés à Auschwitz, la fermeture du camp étant désormais imminente. Face au risque élevé de perdre tous les travailleurs juifs qu'il a réussi à garder en sécurité jusqu'à présent, Schindler parvient à convaincre Goeth de le laisser construire un camp entièrement nouveau, Brinnlitz, où ses travailleurs qualifiés pourraient soi-disant continuer à travailler pour lui. Bien que cela lui coûte très cher, Schindler y parvient et, avec Itzhak Stern, établit la liste qui sauvera finalement des milliers de personnes d'Auschwitz.

Bien que les trains amenant les femmes et les enfants à Brinnlitz soient initialement redirigés vers Auschwitz, Schindler et sa femme Emilie parviennent finalement à les mettre en sécurité. Au milieu de tout cela, Schindler lui-même est à nouveau arrêté, cette fois pour ses liens avec Goeth, qui est maintenant également emprisonné. Les travailleurs juifs passent le reste de la guerre à Brinnlitz, luttant contre des maladies comme le typhus, mais dans des conditions bien meilleures que celles d'un véritable camp nazi. Lors d'une inspection surprise de l'usine, les quelques enfants présents et leurs pères sont emmenés à Auschwitz, mais la promesse de la fin de la guerre leur permet de survivre et d'obtenir le statut de travailleur plutôt que d'être envoyés directement dans les chambres à gaz. L'usine n'étant qu'un faux-semblant et ne produisant rien d'utile, Schindler se retrouve à court d'argent en 1945. Son avenir est incertain en tant que membre du parti nazi dans un pays désormais sous le contrôle des Alliés. Avant de partir, ses ouvriers lui remettent une lettre en hébreu et une bague gravée portant les mots « Celui qui sauve une vie sauve le monde entier » (p. 399).

L'épilogue révèle comment Schindler et sa femme partent pour Buenos Aires, car ils ne sont plus en sécurité en Allemagne en tant qu'anciens membres du parti nazi. Cependant, Schindler finit par abandonner Emilie pour retourner en Allemagne et tente d'y rétablir sa vie d'homme d'affaires. La plupart de ses survivants quittent l'Allemagne et beaucoup (dont Stern) se rendent à Jérusalem, où ils font pression sur les gouvernements occidentaux pour qu'Oskar reçoive une pension en raison de son travail pendant la guerre. Schindler lui-même meurt en 1974 et est enterré – selon sa volonté – à Jérusalem.

# ÉTUDE DE CARACTÈRE

## OSKAR SCHINDLER

Décrit comme un grand jeune homme aux cheveux blonds et aux yeux bleus, Oskar Schindler est dès le départ un homme d'affaires ambitieux qui a le sens de l'entreprise. Bien que le roman suive sa mission personnelle consistant à sauver autant de Juifs que possible des chambres à gaz, Keneally prend soin de noter qu'il n'est pas un homme totalement vertueux et innocent. Bien qu'il soit enclin à la drague et qu'il travaille au départ dans l'intention de réussir mieux que son père, Schindler devient, au fil du roman, une sorte de sauveur pour les habitants du camp de Plaszów à Cracovie. Il promet à plusieurs reprises qu'il « va *tous* vous sortir de là » (p. 277), avec une autorité qui semble presque divine – si Schindler le promet, il doit en être ainsi.

*La Liste de Schindler* est autant l'histoire d'un homme très ordinaire en proie à une crise de conscience à un moment où cela compte le plus qu'une histoire de survie. Oskar Schindler n'est jamais le héros de guerre idéalisé auquel on pourrait s'attendre : Keneally montre clairement que ce n'est pas son sens profond du bien et du mal qui lui permet de traverser la guerre, mais plutôt son charme, son enthousiasme et ses talents d'escroc qui lui permettent de déjouer les SS à plusieurs reprises. Il rejoint le parti nazi pour les affaires que cela lui apportera et est apparemment indifférent au déplacement des Juifs dont on lui a donné l'appartement. Ce n'est que grâce au prologue, qui dépeint l'homme que Schindler devient, obsédé par le fait de sauver autant de Juifs que possible, que le lecteur peut croire que l'homme ambitieux du début du roman fera le moindre bien. Au fil du temps, et à la suite de quelques rencontres et événements clés, Schindler passe d'un homme indifférent aux horreurs qui l'entourent à un homme rempli de compassion pour les personnes qu'il prend pour siennes. Sa femme déclarera plus tard que Schindler n'avait « rien fait d'étonnant avant la guerre et rien d'exceptionnel depuis » (p. 428) – il est donc heureux que ses compétences particulières aient été plus que jamais nécessaires dans les premiers jours du conflit.

## AMON GOETH

Dès la première présentation de Goeth, Keneally souligne à quel point Schindler et lui se ressemblent physiquement : ce sont tous deux des hommes de grande taille, fortement bâtis, et tous deux incroyablement intimidants. Mais les similitudes ne s'arrêtent pas là : les deux hommes ont une affinité pour la boisson et sont tous deux enthousiastes à l'égard des plaisirs sexuels de la vie. Malgré cela, Goeth est l'antithèse classique de Schindler, tous deux ayant le potentiel pour devenir l'autre, mais une différence de positions morales les amenant à travailler l'un contre l'autre. Goeth apparaît comme un personnage très capricieux : tout le camp de Plaszów est géré par ses caprices et ses fantaisies. Il est décrit comme ayant souvent tiré sur quelqu'un « qui passait » (p. 31) pour son loisir, alors que Pfefferberg parvient à échapper à la mort parce qu'il a amusé le Commandant. Amoureux de la musique, en particulier de celle des frères Rosner, et des belles choses de la vie, la parole de Goeth fait loi dans le camp, et Schindler doit veiller à rester dans ses petits papiers afin de protéger ses travailleurs. Il parvient à faire croire à Goeth qu'ils sont des amis proches, alors qu'en réalité il le méprise.

Goeth est finalement emprisonné : il réapparaît plus tard au camp de Brinnlitz et, si les prisonniers qui s'y trouvent sont encore pour la plupart terrifiés par lui, il est clair que son pouvoir a presque disparu – il doit maintenant se plaindre à Schindler que les travailleurs juifs ne le respectent pas. Il est une démonstration de l'inhumanité totale que l'on pouvait trouver pendant la guerre – historiquement significatif du fait qu'il *existe*, preuve que, si la guerre a créé des héros comme Schindler, elle a également créé des monstres comme Goeth.

## ITZHAK STERN

Itzhak Stern accompagne Schindler du début à la fin du roman. Il est son lien avec le peuple juif qu'il tente de sauver et sa voix de la raison. Il est essentiellement le cerveau de l'entreprise de Schindler, bien qu'il soit au départ méprisant à l'égard des tentatives de solidarité de Schindler lorsque Stern est tenu par la loi de déclarer qu'il est juif. Alors qu'il est obligé de travailler pour Schindler, Stern en fait une occasion d'aider autant de personnes que possible, devenant en même temps un véritable ami et confident de Schindler vers la fin. C'est lui qui offre à Schindler la bague créée par les Juifs, sur laquelle est inscrit un verset du Talmud : « Celui qui sauve une seule vie sauve le monde entier » (p. 399). Stern avait cité ces mêmes lignes au début du roman, préfigurant les événements qui suivront et semant potentiellement la graine nécessaire pour que Schindler sauve autant de personnes que possible.

## EMILIE SCHINDLER

Emilie Schindler est la femme d'Oskar, qui souffre depuis longtemps et qui l'aidera plus tard à nourrir et à soigner les travailleurs de Brinnlitz. Le couple se marie après seulement quelques semaines de fréquentation, alors qu'Oskar est jeune et amoureux et qu'Emilie est naïve et désireuse de quitter sa ville natale stagnante. Qualifiée de « nunuche, gracieuse, peu sophistiquée » (p. 40), Emilie devient néanmoins une « figure de dignité tranquille » (p. 428) et a été l'une des sources de Keneally pour l'écriture de son livre. Malgré cela, elle est absente pendant une grande partie du roman. Elle vit loin de l'usine de son mari à Cracovie, et aussi loin de ses relations avec une multitude de femmes, toutes aussi conscientes les unes des autres.

Après la création de Brinnlitz, Emilie retourne vivre avec Schindler et devient une présence constante dans le nouveau camp, soignant les Juifs fiévreux et leur apportant de la nourriture avec une patience tranquille et durable. À la fin de la guerre, elle s'enfuit à Buenos Aires avec son mari, où elle vit seule lorsqu'il l'abandonne pour retourner en Allemagne. Elle symbolise toutes les femmes dont les voix et les efforts ont été perdus dans la guerre, mais qui étaient tout aussi essentielles à la survie de milliers de personnes, bien que rarement reconnues.

# ANALYSE

## BASÉ SUR DES ÉVÉNEMENTS RÉELS

Bien que le livre soit écrit sous la forme d'un roman, Keneally utilise des témoignages pour raconter son histoire. Dans la note de l'auteur qui précède le texte, il décrit comment il a été abordé à Beverly Hills par nul autre que Leopold Pfefferberg, un Juif sauvé par Schindler qui apparaît à de nombreuses reprises dans le livre. Outre les souvenirs de Pfefferberg, Keneally s'est appuyé sur les témoignages et les entretiens d'au moins 50 survivants de l'usine Schindler, ainsi que sur les lettres et documents des associés et amis d'Oskar Schindler pendant la guerre. Le livre créé par Keneally et ces témoins est un récit qui se lit à moitié comme un roman, à moitié comme un manuel d'histoire. Il est rempli des statistiques horribles de la guerre – 13 000 femmes prisonnières à Plaszów, 1 200 personnes forcées de s'entasser dans six baraquements – mais ne présente pas l'indifférence froide que l'on trouve habituellement dans les livres d'histoire. Le talent d'écrivain de Keneally transforme des vies de violence, de peur et de soumission en quelque chose de lisible, sans pour autant perdre la voix des personnes concernées.

L'Holocauste a été l'un des événements les plus horribles de la Seconde Guerre mondiale et a impliqué le génocide systématique d'environ six millions de Juifs européens. Étant donné qu'il s'agit d'un sujet difficile à aborder mais qui ne peut jamais être oublié, le livre de Keneally a rappelé au monde le traumatisme de cet événement et a encouragé les gens à ne pas s'en contenter. Il entrelace les actions de Schindler avec la vie des personnes qu'il aide, fournissant des instantanés d'enfants, de rabbins et de domestiques, et ce faisant, il met en lumière les histoires de personnes qui ne seraient devenues qu'un numéro de plus, perdues dans la brutalité des camps de concentration et dans la précipitation de l'après-coup.

## LE RÔLE DES FEMMES

Dans l'histoire de Schindler et de sa croisade à la Moïse pour sauver les Juifs du camp de Plaszów, les femmes sont souvent perdues dans le texte. Keneally reconnaît très tôt que Schindler lui-même était un coureur de jupons : il semble toujours avoir une relation avec au moins trois femmes, dont l'une est sa femme. Les actes de Schindler envers les femmes sont souvent considérés comme pardonnables car ses amantes ne se plaignent jamais, et son comportement semble insignifiant par rapport à l'Holocauste. Cependant, cela ne fait que souligner le tourment prolongé, tant sexuel que violent, dont souffrent les femmes de La Liste de Schindler, et même de l'Europe occupée par les nazis. Bien qu'elle soit souvent considérée comme moins traumatisante que ce qui s'est passé dans les camps de concentration, la victimisation des femmes pendant la guerre a constitué une autre partie de la brutalité dont elles ont été victimes et ne doit pas être prise à la légère. Comme le héros du texte est un coureur de jupons, le mal fait aux femmes en raison de leur sexe est minimisé : la cruauté à laquelle ont été confrontées des femmes comme Helen Hirsch aux mains des officiers SS est considérée comme une partie inévitable de la guerre, plutôt que comme une atrocité supplémentaire.

Malgré cela, les femmes du roman ne manquent jamais d'agir avec dignité, et bien qu'elles soient souvent ignorées, elles ont autant de valeur que les hommes dans les efforts de Schindler et dans la lutte pour l'humanité et la survie. Oskar Schindler a été arrêté trois fois au cours de la guerre, et deux fois avant même que son refuge ne soit construit. C'est toujours la jolie secrétaire de Schindler, Victoria Klonowska, qui réussit à le faire libérer, car elle sait toujours exactement quelles personnes appeler et quels mots prononcer. De même, Emilie, l'épouse de Schindler, s'avère être une présence nécessaire et stabilisatrice à Brinnlitz, bien qu'elle soit elle aussi éclipsée par la « légende Oskar » (p. 361), tout comme d'innombrables femmes au cours de l'histoire ont été submergées par leurs homologues masculins.

À maintes reprises, les femmes sont montrées comme étant aussi résistantes que les hommes. Un exemple en est la dernière infirmière du ghetto de Cracovie avant sa fermeture. Il ne reste que quatre patients qui ne peuvent être déplacés, deux médecins et l'infirmière, et les médecins sont certains qu'aucun d'entre eux ne survivra. Comme la meilleure chose à faire est d'euthanasier les prisonniers avant que les nazis ne les atteignent, on demande à l'infirmière d'administrer une dose mortelle de cyanure à chaque patient, tandis que les médecins font de même entre eux. Bien que nous ne sachions jamais si l'infirmière s'est également suicidée, les mots d'un médecin, «La femme est l'héroïne de tout cela» (p. 197), nous rappellent la bravoure des femmes pendant l'Holocauste. Leur persistance et leur détermination sont également soulignées: Regina Perlman-Rodriguez fait tout ce qu'elle peut pour convaincre Schindler de laisser ses parents entrer dans son camp, connaissant ses tendances à la drague et les utilisant à son avantage. De même, une jeune émissaire est envoyée de son plein gré auprès du commandant Goeth et «fait face avec courage» (p. 346) à tout ce qui l'attend là-bas – Keneally ne précise pas si sa tâche implique des faveurs sexuelles, mais il est clair qu'elle est dangereuse et peu enviable.

Bien qu'elle ne soit pas une femme, la petite fille en rouge, Genia, marque un moment d'épiphanie pour Schindler, lorsqu'il la voit échapper par pure chance aux soldats SS qui tuent des Juifs dans la rue. Son innocence enfantine est juxtaposée à des morts choquantes et graphiques, et elle en vient à symboliser l'innocence et la jeunesse perdues à cause de la guerre. Bien que Schindler ne sache jamais si elle a survécu, son évasion marque un tournant pour lui, le moment où il décide vraiment qu'il doit faire sortir ces gens, au-delà d'un éventuel profit.

Outre ces épisodes individuels, le fait que les femmes survivantes de Plaszów finissent par subir Auschwitz en plus de tous leurs traumatismes antérieurs ne fait que souligner leur propre force et leur volonté de vivre, si souvent éclipsées par les actions des hommes qui les entourent. Il est sans doute insensible de faire des métaphores de personnes et d'événements réels, mais la détermination à persévérer dans la vie est symbolisée avec justesse par les femmes du texte, les porteuses traditionnelles de la vie.

## DEVENIR LA *LISTE DE SCHINDLER*

Après le succès du livre en tant que best-seller international primé, Leopold Pfefferberg s'est tourné vers le grand écran, cherchant quelqu'un qui pourrait le transformer en un film ou une série télévisée afin de sensibiliser le public à Oskar Schindler et à ses actions. Steven Spielberg, à l'époque déjà connu pour des films comme *Les Dents de la mer* (1975) et sa série *Indiana Jones*, a reçu une critique du roman par le *New York Times* et a été encouragé à se lancer dans le projet. Au départ, Spielberg hésite, car il ne sait pas s'il est un cinéaste suffisamment mûr pour aborder un sujet aussi sombre. Le film aborde également des sujets très personnels, et Spielberg est lui-même issu d'une famille juive orthodoxe. Quoi qu'il en soit, il finit par devenir le réalisateur, et *La liste de Schindler*, avec Liam Neeson (acteur britannique, né en 1952), Ralph Fiennes (acteur anglais, né en 1962) et Ben Kingsley (acteur anglais, né en 1943), sort en 1993.

Bien que Thomas Keneally ait été initialement chargé d'écrire le scénario du film, il n'a pas réussi à condenser l'histoire de manière adéquate, et la version finale a été écrite par Steven Zaillian (scénariste américain, né en 1953). Une partie importante du film se concentre sur la liquidation du ghetto de Cracovie, un épisode intensément inoubliable pour le public. L'adaptation de Spielberg a également conservé une partie de l'imagerie du livre de Keneally, notamment le symbolisme de la petite fille Genia dans son manteau rouge, seule utilisation de la couleur dans un film par ailleurs en noir et blanc.

*La Liste de Schindler* est un film à succès, qui a reçu un immense accueil critique et le soutien de la presse populaire, ainsi que des dirigeants du monde entier. Il a suscité une certaine controverse, certains critiques estimant que l'Holocauste était un sujet trop sérieux pour être traité au cinéma, ce qui risquait d'occulter ou de minimiser la véritable horreur de l'événement. Spielberg était conscient de cette possibilité lors du tournage et a donc réalisé un film qui s'apparente davantage à un documentaire qu'à un film de divertissement, tout comme *La Liste de Schindler*, qui est à la fois un récit historique et un roman.

# POURSUITE DE LA RÉFLEXION

## QUELQUES QUESTIONS À MÉDITER...

- Comparez les personnages d'Amon Goeth et d'Oskar Schindler. En quoi sont-ils similaires et différents?
- Pensez-vous que Keneally a pris la bonne décision d'écrire *La Liste de Schindler* sous la forme d'un roman? Pourquoi/pourquoi pas?
- Comme il s'agit d'un récit de personnes réelles en temps de guerre, pensez-vous que leurs actions peuvent être jugées de la même manière que vous pourriez juger un personnage de fiction? Expliquez votre réponse.
- Emilie Schindler a déclaré: «Oskar n'avait rien fait de stupéfiant avant la guerre et rien d'exceptionnel depuis» (p. 428). Comment pensez-vous que la guerre change le caractère des gens – et pensez-vous que ce changement est permanent?
- Comment pensez-vous que le livre se compare à l'adaptation bien connue, *La liste de Schindler*?
- Explorez le thème de l'ambiguïté morale dans *La Liste de Schindler.*
- Que pensez-vous qu'un lecteur du XXIe siècle puisse apprendre de ce livre?
- Keneally dissémine les récits d'une multitude de personnages tout au long du roman – pensez-vous que cela soit efficace pour créer un portrait bien équilibré de l'Holocauste?

- Comment les relations amoureuses apparaissent-elles dans le texte? Y a-t-il de la place pour elles pendant une guerre?

- 23 -

# AUTRES LECTURES

## EDITION DE RÉFÉRENCE


- Keneally, T. (2007) *Schindler's Ark.* Londres : Serpentine Publishing.


## ÉTUDES DE RÉFÉRENCE


- Bee, A. (2013) La Liste de Schindler par Thomas Keneally – critique. *The Guardian.* [En ligne]. [Consulté le 12 janvier 2019]. Disponible sur : < https://www.theguardian.com/childrens-books-site/2013/sep/25/review-schindler-s-ark-by-thomas-keneally>
- Ebert, R. (2002) Éloge de l'amour. *RogerEbert.com.* [En ligne]. [Consulté le 12 janvier 2019]. Disponible sur : < https://www.rogerebert.com/reviews/in-praise-of-love-2002>
- McBride, J. (2011) *Steven Spielberg : A Biography.* New York: Simon and Schuster.
- Ryan, S. (Pas de date) Thomas Keneally. *Université catholique australienne.* [En ligne]. [Consulté le 12 janvier 2019]. Disponible sur : < https://resource.acu.edu.au/siryan/Academy/author%20pages/keneally,%20thomas.htm>


## SOURCES SUPPLÉMENTAIRES


- Crowe, D. (2004) *Oskar Schindler : The Untold Account of His Life, Wartime Activities, and the True Story Behind the List.* Colorado : Westview Press.

- Keneally, T. (2007) *Searching for Schindler: A Memoir.* Londres: Hodder Publishing


## ADAPTATIONS


- *Schindler's Ark.* (1993) [Film]. Steven Spielberg Dir. USA: Amblin Entertainment.

# lePetitLittéraire.fr

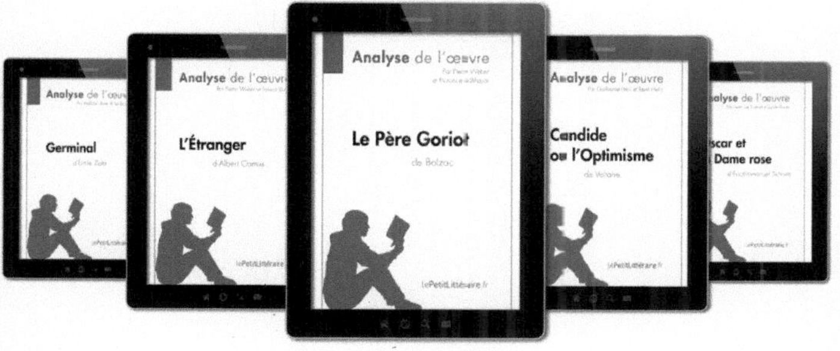



- des analyses de livres
- des fiches de lectures
- des commentaires littéraires
- des questionnaires de lecture
- des résumés

**Retrouvez
notre offre complète sur
lePetitLittéraire.fr**

www.lepetitlitteraire.fr

ISBN version numérique : 9782808684651
ISBN version papier : 9782808685450
Dépôt légal : D/2023/12603/1045

Conception numérique : Primento,
le partenaire numérique des éditeurs.